Manfred Moll

die zu lieben sich lohnt

Manfred Moll

die zu lieben sich lohnt

Predigten an Heiligabend

Fromm Verlag

Imprint

Publisher:
Fromm Verlag
is a trademark of
International Book Market Service Ltd., member of OmniScriptum Publishing Group
17 Meldrum Street, Beau Bassin 71504, Mauritius

Printed at: see last page
ISBN: 978-620-2-44152-0

Inhalt

Die Botschaft

Es begab sich aber zu der Zeit, dass ein Gebot ausging von dem Kaiser Augustus, dass alle Welt geschätzt würde. Diese Schätzung war die allererste und geschah zu der Zeit, da Cyrenius Landpfleger in Syrien war. Und jedermann ging, um sich schätzen zu lassen, ein jeglicher in seine Stadt.

Da macht sich auf auch Joseph aus Galiläa, aus der Stadt Nazareth, nach Judäa hinaus zur Stadt Davids, die da heißt Bethlehem, weil er aus dem Haus und Geschlecht Davids war, um sich schätzen zu lassen mit Maria, seinem vertrauten Weibe, die war schwanger.

Und als sie daselbst waren, kam die Zeit, da sie gebären sollte. Und sie gebar ihren ersten Sohn und wickelt ihn in Windeln und legt ihn in eine Krippe, denn sie hatten sonst keinen Raum in der Herberge.

Es waren aber Hirten in derselben Gegend auf dem Felde bei den Hürden, die hüteten des Nachts ihre Herde. Und siehe, des Herrn Engel trat zu ihnen und die Klarheit des Herrn leuchtet um sie und sie fürchten sich sehr.

Und der Engel sprach zu ihnen: Fürchtet euch nicht! Siehe, ich verkündige euch große Freude, die allem Volk widerfahren wird. Denn euch ist heute der Heiland geboren, welcher ist Christus, der Herr, in der Stadt Davids.
Und das habt zum Zeichen: Ihr werdet finden das Kind in Windeln gewickelt und in einer Krippe liegen. Und alsbald war bei dem Engel die Menge der himmlischen Heerscharen, die lobten Gott und sprachen: Ehre sei Gott in der Höhe und Friede auf Erden den Menschen seines Wohlgefallens!

Lukas 2, 1-14

1989

und sie kamen eilends …

Es kommt nicht darauf an, dass Sie heute Abend ein gemütliches Weihnachtsfest verbringen. Die Nacht, damals im Stall, war auch keine gemütliche Nacht, und trotzdem bewegte Maria sie in ihrem Herzen.

Es kommt nicht darauf an, dass Sie heute Abend ein friedliches und harmonisches Weihnachtsfest verleben. Das Jesuskind hat doch auch nicht nur in seiner Krippe gelegen und gelächelt. Es hat geschrieen, als es Hunger hatte; und in die Windeln gemacht; und der Ochse hat gestunken und es war kalt und ungemütlich.

Wenn Sie gleich nach Hause gehen und es ist nicht still, weil Kinder nun einmal nicht still sind; und es ist nicht friedlich, weil die Eltern nun mal gereizte Nerven haben: Dann ist das nicht anders, als es in jener Nacht auch gewesen ist.

Aber was macht es, wenn der Weihnachtsabend nicht unbedingt ein beschaulicher Abend ist? Manche Planung auch für den Heiligen Abend ist durch Fall der Mauer über den Haufen geworfen worden. Die einen freuen sich darüber, die anderen fühlen sich auch ein wenig unter Druck gesetzt. Wieder andere klagen, dass auch dieses Jahr am Weihnachtsabend wieder Vieles unter den Teppich gekehrt wird; dass die weihnachtliche Stimmung allzu oft nur das Durcheinander des eigenen Lebens überdecken soll. Aber was feiern Christen denn eigentlich an Weihnachten?

Wir feiern heute Abend doch nicht das Fest der Harmonie und Beschaulichkeit! Wir feiern heute das Fest der Unruhe und der Bewegung!

- Die Engel hält es nicht mehr im Himmel, sie setzen sich in Bewegung und erfüllen die Luft mit der Unruhe ihres Flügelschlages.

- Die Hirten, sie hält es nicht mehr bei ihren Schafen, sie müssen sich auf den Weg machen nach Bethlehem.

- Maria und Joseph, sie sind unterwegs, im Aufbruch, werden die nächste Nacht schon wieder weiter müssen, um nach Ägypten zu fliehen.

Weihnachten ist ein Fest der Bewegung, denn Gott selbst setzt die Welt in Bewegung, zwingt die Menschen zum Aufbruch, treibt sie in die Unruhe. Und setzt sich selbst in Bewegung, macht sich auf, um mit Maria und Joseph im Stall dabei zu sein, friert mit ihnen, teilt sein Brot mit den Hirten, wird am nächsten Tag wieder aufbrechen, ist unterwegs mitten in einer Welt voller Unruhe und Veränderung.

Das ist die Botschaft dieser Nacht: Gott ist da, wo die Welt in Bewegung ist. Und das heißt: Gott ist da, wo die Welt noch nicht fertig ist und das Leben noch nicht in Ordnung. Mitten hinein in diese Welt kommt Gott. Und er heilt nicht erst die Schmerzen, bevor er kommt; schafft nicht erst Versöhnung; bringt keine Harmonie und sorgt nicht erst für Gerechtigkeit, bevor er sich mit den Menschen einlässt. Sondern er kommt eilends zu uns, weil wir es doch eilig haben. Er kommt mit Unruhe, weil wir doch unruhig sind. Die Hektik dieser Welt, die Unruhe unserer Zeit, ja: selbst das Durcheinander in unserem Leben: Wie könnte es anders sein, wo doch Gott selbst Bewegung in die Welt bringt?! Gerade w e i l Sie noch unterwegs sind, gerade w e i l Sie noch nicht fertig sind und noch nicht vollkommen: Gerade d a r u m sind Sie es, denen Gott seinen Sohn schenkt. Darum seid nicht unzufrieden! Seid nicht besorgt und zweifelt nicht an euch selbst! Denn euch ist heute der Heiland geboren, welcher ist Christus, der Herr, in der Stadt Davids.

1994

Siehe, eine Jungfrau wird schwanger werden
und einen Sohn gebären,
und sie werden ihn Immanuel nennen,
das bedeutet:
Gott ist mit uns!

Matthäus 1, 23

Diese Nacht ist nicht anders als andere Nächte.
Abgekämpft sitzen Sie in der Kirchenbank, mit Ihren Gedanken noch gar nicht ganz da oder schon wieder zuhause. Noch sitzt der Weihnachtsstress Ihnen in den Knochen; und der Arger, den Sie hatten, die Sorgen, die Sie sich machen: all das verfliegt nicht, weil heute Weihnachten ist.

Diese Nacht ist nicht anders als andere Nächte.
Auch heute Nacht sind Menschen unterwegs, auch heute Abend gibt es eilige Reisende, sind Menschen auf der Flucht, gehen Häuser in Trümmer, sterben Menschen. Still wird auch diese Nacht nicht sei, diese Welt voller Unruhe: Sie wird auch heute nicht zur Ruhe kommen.

Diese Nacht ist nicht anders als andere Nächte.
Die Nachrichten dieser Nacht werden keine besseren Nachrichten sein. Viele Botschaften, die heute Nacht über den Äther gehen, werden Menschen in Bewegung setzen, Bestürzung und Unruhe auslösen. Die Welt wird nicht heil, nur weil heute der Heiland geboren ist.

Und doch ist diese Nacht anders als andere Nächte.
Denn unter den Nachrichten dieser Nacht ist eine Nachricht verborgen, die anders ist als alle anderen.
Ich bin bei Euch,
heißt diese Nachricht,
heute Nacht habe ich mich auf den Weg gemacht, um unter Euch Euer Gott zu sein!

Das ist die Weihnachtsbotschaft:
Gott selber macht sich auf den Weg! Er bleibt nicht oben in seinem Himmel thronen, sondern macht sich auf, um im Stall dabei zu sein, mit Maria und Joseph zu frieren, mit den Hirten zu eilen, mit den Magiern anzukommen. Er macht sich auf den Weg, um mit dem Kind in der Krippe zu fliehen, mit ihm zu leiden, mit ihm zu sterben. Gott macht sich auf den Weg, um mitten unter uns zu sein!
Und das ist eine wahrlich beunruhigende Botschaft!
Denn das heißt:

Wir können Gott nicht mehr in den Himmel sperren, wo er weit weg ist und uns in Ruhe lässt. Wir können ihn nicht mehr in die Kirchen sperren, wo er nur sonntags zu finden ist, abseits unserer Wege. Nein: Gott kommt zu uns, kommt in diese Welt voller Unruhe und Bewegung; er war bei uns im Trubel der Adventszeit; er geht mit uns in die Fabrik, in's Büro; und er wird heute Abend bei Ihnen zu Hause sein!

Darum aber kann es denn gar nicht anders sein, als dass heute Abencl die Luft zittert , als dass es knistert in Ihren Wohnzimmern, als dass Sie, wenn Sie gleich nach Hause gehen, die Unruhe spüren, die über allem liegt. Wie sollte diese Nacht still sein können, wo die Nachrichten sich kreuzen: die nächste Hiobsbotschaft; das Telegramm mit der Todesnachricht; der Börsenkurs, der den Ruin bedeutet, der Befehl, der die Bomber auf den Weg schickt - und der rettende Hilferuf; die Nachricht: Ein Mensch ist gerettet; die Botschaft: Gott ist mitten unter uns. Das geht alles durcheinander, vermischt sich, ruft Bestürzung hervor, Glauben und Unglauben. Wir aber wissen, wenn wir den Blick an den unruhigen Himmel richten, was das zu bedeuten hat. Die gute Nachricht: Ihr habt sie gehört!

Siehe, eine Jungfrau wird schwanger werden
und einen Sohn gebären,
und sie werden ihn Immanuel nennen,
das bedeutet:
Gott ist mit uns!

Mit Ihnen, mit mir, mit der Welt.

1999

Denn uns ist ein Kind geboren,
ein Sohn ist uns gegeben,
und die Herrschaft ruht auf seiner Schulter,
und er heißt:
Wunder-Rat, Gott-Held, Ewig-Vater, Friede-Fürst.

Jesaja 9, 5

Nein, es wird nicht ewig dunkel bleiben
über denen, die in Angst sind!
Die Welt ist voller Veränderung.
Nichts wird bleiben, wie es ist.

Ein Kind ist uns geboren –
und sein Name ist:
Wunderbarer Rat –
ja, die Tage der Experten, der Besserwisser, der Chefideologen, der Technokraten und Vernunftgläubigen sind gezählt. Was immer sie uns erzählen wollen: dass Atomkraft sicher ist, dass Gentechnologie dem Menschen dient, dass Computer das Leben einfacher machen und dass Einkaufen am Sonntag glücklich macht: All diese Voraussagen und Behauptungen entpuppen sich als das, was sie sind: leeres Geschwätz.

Denn ein Sohn ist uns gegeben –
und sein Name ist:
Gott-Held –
und siehe da: Die Clintons, Jelzins, Bill Gates, die Helden des Sports, die Pop-Idole, die Kriegshelden – wer will sie noch sehen, hören, ihnen Glauben schenken?

Ein Kind ist uns geboren –
und sein Name ist:
Ewig-Vater –
kein Vater, der sich entzieht; kein Vater, der keine Zeit hat, arbeiten muss, seine Ruhe braucht – mit diesem Kind verändern sich auch die Väter, die Mütter, finden Eltern und Kinder neue Beständigkeit und Liebe.

Ein Sohn ist uns gegeben –
und sein Name ist:
Friede-Fürst –
und die Herzen werden ruhig und die Gedanken klar, wenn die Menschen ihre Rüstungen ablegen und aufeinander zugehen, sich ineinander verlieren ohne diesen ewigen Zwang, sich behaupten zu müssen. Und siehe da: Die Waffen verrotten zu Staub und die Grenzen

werden durchlässig und die Soldaten lachen jeden aus, der ihnen befehlen will: *Stillstehen!*

Denn die Welt ist voller Veränderung.

Ein Kind ist uns geboren -
und sein Name ist :
Wunderbarer Rat -
und auf einmal wissen Sie, worauf es ankommt: dass die Liebe der einzige Ratgeber ist; dass es Zeit ist, dass heute die Zeit ist, einander in den Arm zu nehmen, zu trösten, zärtlich miteinander zu sein; dass diese heilige Nacht die Nacht der Veränderung ist, in der alles neu anfangen kann, in der Sie selber neu beginnen können, weil dieses Kind Ihr Leben umkrempeln kann .

Ein Sohn ist uns gegeben -
und sein Name ist:
Gott-Held –
und auf einmal wissen Sie: dass Sie ja gar nicht der große Held sein müssen, der Gewinner, eine, die immer stark ist. Heute ist die heilige Nacht, in der Sie ganz und gar schwach sein dürfen, ganz und gar Sie selbst mit all Ihren Fehlern und Unzulänglichkeiten - und auch Ihr Versagen dürfen Sie eingestehen und Ihre Sehnsucht nach Liebe.

Denn ein Kind ist uns geboren -
und sein Name ist:
Ewig-Vater –
und sein Name ist: Tröster; und sein Name ist: Ich bin bei Dir; und sein Name ist: Bis an das Ende der Welt.
Denn ein Kind ist uns geboren,
ein Sohn ist uns gegeben –
und sein Name ist :
Friede-Fürst –
und auf einmal können Sie all Ihre Rüstungen ablegen und die Arme weit ausbreiten und den Tränen freien Lauf lassen, den Tränen der Liebe ; und Ihr Herz jubeln lassen, weil diese Nacht eine heilige Nacht ist, in der wieder heil wird, was zerbrochen ist, und eben wird, was krumm

gewesen ist, und die Welt in einem neuen Glanz erscheint, voller Milde und voller Güte - *denn die Herrschaft ruht auf seiner Schulter*
und er trägt Ihre Sorgen und Sie müssen gar nichts anderes tun, als herbeizueilen und sich ihm hinzugeben aus ganzem Herzen und ihn tun zu lassen, wozu er gekommen ist: die Welt zu erlösen.

Dann ist Weihnachten.

2001

Und groß ist, wie jedermann bekennen muss,
das Geheimnis des Glaubens:
Er ist offenbart im Fleisch,
gerechtfertigt im Geist,
erschienen den Engeln,
gepredigt den Heiden,
geglaubt in der Welt,
aufgenommen in die Herrlichkeit.

1. Timotheus 3, 16

Wir haben einen Sohn.
Und groß ist, wie jedermann bekennen muss,,
das Geheimnis des Glaubens:
Er ist offenbart im Fleisch,
gerechtfertigt im Geist,
erschienen den Engeln,
gepredigt den Heiden,
geglaubt in der Welt,
aufgenommen in die Herrlichkeit.

Ach ja!
Offenbart im Fleisch:
Da ist nichts mit Idylle und Romantik, nichts mit Weihnachtsidylle und nichts mit Multi-Kulti-Romantik nach dem Motto:
Wir haben ja doch alle nur einen Gott!
Ja, wir h a b e n einen Gott, aber das ist nicht irgendein Gott.
Er ist offenbart im Fleisch:
Er ist identifizierbar; er verbirgt sich nicht hinter vielen Gesichtern, trägt nicht bei den einen diesen und bei den anderen jenen Namen, sondern zeigt sich, lässt sich ins Angesicht sehen im Stall von Bethlehem. Wir h a b e n einen Gott, der ist nicht irgendein höheres Wesen, dessen Wahrheit wir doch nicht verstehen können, sondern der hat seinen Himmel verlassen und - ist klein geworden!

Wir h a b e n einen Gott, der hat sich klein gemacht. Der will nicht als der große Besserwisser von oben auf uns herabblicken, sondern er will das Leben mit unseren Augen sehen und ist darum so klein geworden wie wir. So klein, dass er sich leicht ü b e r sehen lässt, untergeht in all dem Menschentrubel. Er ist schwach geworden; so schwach, dass er auch manchmal wegbricht, auch uns wegbricht und unserem Glauben. So schwach, so klein hat unser Gott sich gemacht, dass er den Kriegen in der Welt nicht mehr steuern kann; dass er nicht mehr in der Lage ist, Flugzeuge aufzuhalten; er hat sich so klein gemacht, dass er unter Trümmern verschüttet werden kann. So klein ist unser Gott geworden - klein wie ein Kind.

Aber genau deswegen auch auffindbar. Er ist so klein, dass wir ihn suchen müssen - aber genau deswegen ist er auch nicht zu groß für unseren Verstand.
Geglaubt in der Welt:
Sie müssen nicht erst zum Himmel steigen, um ihn zu finden, nicht philosophisch gebildet sein oder Theologie studiert haben - unser Gott, er ist so klein, dass er sogar in diese Kirche passt, dass er sich heute hier finden lässt, hier an der Krippe, und sogar in Ihren Gesichtern und in Ihren Herzen. Deswegen h a t Gott sich doch so klein gemacht: weil w i r so klein sind, weil auch unser Glaube manchmal so klein ist und unser Mut und unser Vertrauen in die Zukunft. Aber dahin wollte er sich aufmachen: in unseren manchmal so kleinkarierten Alltag, und nun ist er in diesem Alltag zu finden; in unserer Not, in unseren Ängsten, in unseren Weihnachtsfeiern heute Abend, in dieser Stadt und unserem Umland, auf dieser Welt.

Geglaubt in der Welt:
Heute Abend wird Gott glaubwürdig, ein Gott m i t uns – *Immanuel,*
ein Gott f ü r uns – *Erlöser: Das ist von alters her sein Name!*

Nichts anderes ist Weihnachten.
Weihnachten ist das Fest, an dem Gott glaubwürdig wird.

Und auf einmal ist A l l e s zu begreifen: dass sein Name Liebe ist und seine Haltung Demut und dass seine Größe in seiner Kleinheit liegt. Weil da nicht mehr lag als ein kleines Kind, konnten die Hirten das Geheimnis des Glaubens begreifen, damals - und deswegen werden wohl auch Sie es begreifen können, heute.

Wenigstens heute Nacht.

2003

*Denn Gott hat seinen Sohn nicht in die Welt gesandt,
dass er die Welt richte,
sondern dass die Welt durch ihn gerettet werde.*

Johannes 3, 17

Heute ist erschienen die Liebe Gottes zu allen Menschen. Niemand bleibt ausgeschlossen vom Heil. Heute geht wieder ein Glanz auf über dieser Welt, den keine Finsternis halten kann; ein Glanz, der selbst noch Keller und Winkel und das letzte Schlupfloch erhellt. Niemand bleibt ausgeschlossen vom Heil, heute. Denn Gott liebt die Menschen, liebt uns nicht weil wir so gute Menschen wären, sondern weil er Gott ist. Weil er retten will. Alle. Bedingungslos. Aus lauter Liebe.

Niemand bleibt heute ausgeschlossen vom Heil. Niemand, auch niemand von uns. Wir sind willkommen, herzlich eingeladen, So, wie wir sind. Vom Feld weg, wie die Hirten. Niemand bleibt heute ausgeschlossen - auch nicht die Zweifler. Auch nicht die Spötter. Die Hartherzigen nicht, und selbst die Egoisten nicht. Niemand ist ausgeschlossen. Denn wenn die rettende Gnade Gottes für alle Menschen erscheint, dann sind damit wirklich alle gemeint.

Oh - Gott weiß, was wir mitbringen in diesen Gottesdienst. Den Arger übereinander, den Stress vor Weihnachten, Erschöpfung, Mutlosigkeit, Wut. Was hilft dagegen? Moralpredigten? 1o Gebote oder 5o Gebote oder 1oo Gebote? Ultimative Strenge? Ein Gericht über die Gottlosen? Hilft das gegen Gottlosigkeit? Hilft das gegen Unrecht und Gewalt? Und wie steht es mit unseren eigenen Gottlosigkeiten, unserem eigenen gedankenlosen Alltag? Der steckt uns ja auch jetzt in den Knochen, selbst am Heiligen Abend. Was hilft dagegen?

Dagegen hilft keine ultimative Strenge. Gegen Unkraut hilft nur Kraut. Die Welt wird nur heil durch Heil. Unser zerbrechliches, zerbrechendes, zerbrochenes Leben wird nur heil durch Heil. Darum lautet die Botschaft der Erlösung nicht:
Euch ist heute der Rächer geboren.
Oder:
Euch ist heute der Richter geboren.
Nein - die Botschaft der Erlösung lautet:
Euch ist heute der Heiland geboren.
Allein durch Heil wird Euer Leben heil.
Gegen Unkraut hilft nur Kraut.
Gegen Lieblosigkeit nur Liebe.
Und das ist das Zeichen dafür:

Ein Kind in Windeln gewickelt und in einer Krippe liegen.
Das ist das Zeichen überströmender Gnade.

Und seht Ihr - auch Ihr Spötter, auch Ihr Zweifler und auch ihr Unruhigen: Mit diesem Zeichen legt Gott Widerspruch dagegen ein, dass die Welt so bleibt, wie sie ist. Das Heil ist erschienen, es erscheint denen, die es brauchen,
Großen und Kleinen,
Männern und Frauen,
Jungen und Alten,
Schwachen und Starken,
Rechten und Linken,
Gewinnern und Verlierern,
Fröhlichen und Bedrückten,
Mutigen und Ängstlichen:
Euch erscheint es –
und keiner behauptet,
dass damit die Welt auf einen Schlag von allem Übel befreit ist,
dass damit der Heilige Abend gerettet,
unsere Ängste und Nöte überwunden sind -
aber dass uns damit eine Zukunft gewiesen ist,
eine unüberbietbare Zukunft voller Freiheit und Gerechtigkeit;
dass uns diese Zukunft gewiesen ist, in der aller Welt Heil widerfahren wird:
Das ist die Hoffnung der Welt!

2004

Denn dazu hat Gott die Welt geliebt,
dass er seinen eingeborenen Sohn gab,
auf dass alle, die an ihn glauben, nicht verloren werden,
sondern das ewige Leben haben.

Johannes 3, 16

Natürlich hat Gott seinen Sohn nicht dahingegeben, damit wir Weihnachten feiern können. Das ist uns allen klar - sonst wärt Ihr ja nicht hier! Hierhergekommen seid Ihr doch deswegen, weil Ihr mehr sucht als nur ein schönes Familienfest. Dann nehmt aber bitte auch das Krippenspiel ernst, das wir euch vorgespielt haben. Nehmt Euch selber ernst - so ernst, wie Euch der Engel des Herrn nimmt. Ihr seid die Menschen, an denen Gott sein Wohlgefallen hat!

I h r seid die Menschen seines Wohlgefallens - nicht andere. Und das übersetze ich jetzt einmal anders: Ihr seid die Menschen, die seinen Willen tun. Das ist nämlich ein und dasselbe: *Menschen seines Wohlgefallens* und *Menschen, die seinen Willen tun.*

Und jetzt kommen Sie mir bitte nicht mit Einwänden! Sie sollten Ihr Licht unter den Scheffel stellen. Sie sind doch hier, weil Sie ein Licht in Ihrem Leben suchen. Weil Sie sich nach Licht sehnen! Das tun aber keine Menschen, die etwas zu verbergen haben. Die scheuen das Licht! Sie dagegen sind doch gekommen, damit die Klarheit des Herrn auch um Sie leuchtet! Weil Sie nichts zu verbergen haben. Weil Sie Menschen sind, die seinen Willen tun.

Na gut - Sie waren nicht immer so fromm, wie Sie gerne wären. Sie haben auch nicht immer das Richtige getan. Sie haben auch nicht immer das Notwendige getan. Aber meinen Sie, die Hirten wären bessere Menschen gewesen als Sie?

Denn worauf kommt es an? Was will Gott eigentlich von Ihnen, heute Nacht? Will er eine stille Nacht, ein harmonisches Familienfest, wohlerzogene Kinder, und als Geschenk möglichst auch noch ein perfektes Leben? Eine glänzende Bilanz des Jahres, das bald zu Ende geht?

Wenn Ihr das glaubt, dann habt Ihr nicht zugehört!
Der Heiland ist geboren.
Der, der alles heil machen will.

Und für wen ist er wohl geboren?

Für die, deren Leben eben nicht heil ist!
Denn dazu hat Gott seinen einzigen Sohn dahingegeben, damit die, die an ihn glauben, nicht verloren gehen, sondern ein Leben haben, das Bestand hat!

Gottes Sohn: Er will nicht euer perfektes Leben - er will die Brüche in eurem Leben! Eure Zerrissenheit, den Zwiespalt in eurem Leben. Er will, dass ihr ihm das Unheil bringt, was euch widerfahren ist im vergangenen Jahr; und das Unheil, das ihr angerichtet habt. Er will, dass ihr ihm eure leeren Hände zeigt und ehrlich zu euch selbst seid und sagt:
Wir haben nichts, was wir dir schenken könnten. Außer uns selbst. Außer unserem Leben, unserem Glauben – und unserer Liebe.

Wenn ihr ihm aber das schenkt – dann seid ihr, was so unglaublich klingt: Dann seid ihr *Menschen seines Wohlgefallens*. Menschen, die seinen Willen tun. Weil sie zu ihm kommen. Weil sie ihm vertrauen. Weil sie glauben, was die Engel heute euch zusingen und niemand anderem sonst:
Euch ist heute der Heiland geboren!

Und glaubt mir: Dann wird diese Nacht tatsächlich eine geradezu heilige Nacht, ein unglaubliches Fest des Lebens – die Nacht, in der der allmächtige Gott zum Gott der Armen wird und zum Gott der Gequälten, der Zweifelnden, der Unvollkommenen, der Unfertigen. Ein Gott der Schwachen und der Ohnmächtigen. Oder, anders ausgedrückt: ein Gott, der euch über alles liebt - weil ihr die Menschen seid, die zu lieben sich lohnt.

2007

Als die Zeit erfüllt war,
sandte Gott seinen Sohn,
geboren von einer Frau
und demselben Leben, denselben Gesetzen unterworfen wie jeder von uns
damit er die frei mache,
die unter diesen Gesetzen stehen,
und damit wir Töchter und Söhne Gottes werden.

Galater 4, 4-5

Da ist ja nur ein kleines Kind -
ja, so ist es.
Mehr gibt es nicht zu erzählen.
Uns ist ein Kind geboren:
Mehr ist nicht zu sagen.

Denn damit ist alles gesagt, was Sie wissen müssen:
Uns ist ein Kind geboren,
ein Sohn ist uns gegeben.
Als die Zeit erfüllt war.
Denn seitdem ist alle Zeit erfüllte Zeit.

Es gibt keine leeren Tage mehr.
Aber seitdem dieses Kind geboren ist,
ist jeder einzelne Tag, der anbricht, ein Tag voller Liebe.

Uns ist ein Kind geboren:
Als die Zeit erfüllt war,
sandte Gott seinen Sohn,
geboren von einer Frau
und demselben Leben,
denselben Gesetzen unterworfen wie jeder von uns -
ja, nein, die Welt, die Gesetzmäßigkeiten dieser Welt haben sich durch diese Geburt nicht verändert. Die Welt bleibt ungerecht: Da scheffeln Menschen Millionen, weil sie anderen die Arbeitsplätze streichen; es regieren Geld und Macht, Ungerechtigkeit und Egoismus; der Starke siegt; der Bessere hat keine Chance gegen den Rücksichtslosen und die Schwachen - die Langsamen, die Schüchternen kriegen erst gar keine Chance. Ja, so *i s t* die Welt – und bleibt doch nicht so, wie sie ist. Denn
als die Zeit erfüllt war,
war es *d i e s e* Welt, in die Gott seinen Sohn hinein gab: um sie zu ändern. Und er veränderte sie dadurch, dass er den ganzen Erdkreis erfüllte mit seiner Liebe.
Als die Zeit erfüllt war -
da hörten die Menschen auf,
leere, hohle Geschöpfe zu sein, die Hirngespinsten nachjagen; da
sandte Gott seinen Sohn,

um euch begreifen zu lassen, was Gottes Kindern auf dieser Welt blüht: nicht weniger als Gottes Liebe in ihrer ganzen Fülle.

Das ist die Weihnachtsbotschaft: dass für Gottes Kinder alle Zeit erfüllte Zeit ist, weil jeder Tag, der anbricht, ein Tag voll der Liebe Gottes ist.

Denn ging es gerecht zu, damals, in Bethlehem, als für ein Baby kein anderer Platz da war als eine Futterkrippe? Und doch war damals der Tag der allerheiligsten Geburt! Denn an diesem Tag,
als die Zeit erfüllt war:
Da erfüllten sich nicht alle Erwartungen – aber alle Hoffnung.
An diesem Tag,
als die Zeit erfüllt war:
Da erfüllten sich nicht alle Träume, aber alle Sehnsucht.

Und nun müsst ihr nur noch *eines* begreifen:
dass dieses Kind in der Krippe ihr selber seid.
Weil ihr Gottes Kinder seid!

Ihr seid die Kinder seines Wohlgefallens.
Nicht auf Seide und Samt, nur auf Heu und Stroh gebettet, und doch von den Engeln beneidet, von den Kreaturen bestaunt, von der Herrlichkeit Gottes umglänzt -
und die Klarheit des Herrn leuchtet um sie.

Und die Klarheit des Herrn leuchtet um sie,
heute, hier und jetzt, und bei Ihnen zu Hause.

Und wenn da, bei Ihnen zu Hause, nur Heu und Stroh ist: Dann ist es gut.
Denn dann wisst ihr, dass die Botschaft wahr ist,
und dass sie euch gilt,
und dass diese Nacht keine andere Nacht ist
als die e u r e r allerheiligsten Geburt,
zu Kindern Gottes und zu Erben seiner Verheißung.

2008

Und ihr werdet finden das Kind,
in Windeln gewickelt
und in einer Krippe liegen.

Das Heil steckt in den Windeln –
tatsächlich: Es ist ein Bündel Windeln, in denen alles steckt, wonach wir uns sehnen.

Heil: Wenigstens heute Abend nicht mehr nur kaputt sein, kaputt von der Arbeit oder vom Geschrei der Kinder; nicht auch noch heute Abend diese heillose Unordnung, in der Wohnung, im Kinderzimmer, in der Küche, im eigenen Leben! Eine wenigstens *etwas* heilere Welt, in der vielleicht auch Beziehungen wieder heilen, Verletzungen und alte Wunden.
Euch ist heute der Heiland geboren:
Das ist doch der, der heil macht.

Aber das Heil steckt in den Windeln –
noch steckt es nur in den Windeln. Noch müssen wir sie ertragen: die heillose Unordnung im Kinderzimmer, im Bad oder in der Küche; noch ist unser ganzes Leben in heilloser Unordnung; noch kann jeden Tag etwas kaputt gehen, ein Stück Vertrauen, eine Liebe, eine Hoffnung.
Euch ist heute der Heiland geboren -
aber er kann noch gar nicht alles heil machen, weil er doch erst in den Windeln steckt.

Aber in den Windeln steckt das Heil!
Es ist da, der Anfang ist schon gemacht, und mehr als der Anfang! Wenn ein Kind zur Welt gekommen ist, schafft das Tatsachen, damit ist eine Tatsache, in der Welt, die nicht mehr aus der Welt zu schaffen ist. Das vergessen Sie immer, nicht wahr?! Sie denken auch:
Da ist ja nur ein kleines Kind,
und übersehen, dass das nicht mehr, nie mehr rückgängig zu machen ist: die Geburt dieses Kindes. In den Windeln steckt das Heil – und es ist nicht mehr aus der Welt zu schaffen!

Darum: Schauen wir uns die Welt ruhig an, wie sie ist! Die Eisberge schmelzen, das Artensterben geht weiter, und jetzt hört auch noch das Bruttosozialprodukt auf zu wachsen. Und das Finanzsystem geht weiter den Bach runter, staunend hören wir von den Milliarden, die sich auf einmal in Luft auflösen. Angela Merkel hat allen Grund, festzustellen,

dass es 2009 nur noch schlimmer werden kann als es schon ist. Recht wird sie haben.
Aber wie war das denn bitte damals? Das Römische Weltreich war bereits ein globales Dorf, die ganze bekannte Welt vereint in einem einzigen Imperium – dagegen konnte keiner an. Und was Maria und Joseph hinaus auf die Straße getrieben hat, war nichts anderes als die drohende Finanzkrise, die den Kaiser Augustus dazu zwang, neue Steuern zu erheben. Maria und Joseph: sie waren nicht anders als wir den Finanzinteressen einiger Mächtiger ausgeliefert. Und? Haben sie sich davon verschrecken lassen?

Nein. Weil es ja vor ihnen lag, das Heil. Weil sie es gar nicht übersehen *konnten*, dass das Heil da in den Windeln lag. Und damit eine Tatsache geschaffen war, gegen die selbst ein Augustus machtlos war. Auch der konnte die Geschichte nicht zurückdrehen und ungeschehen machen, was geschehen war.

Euch ist heute der Heiland geboren:
Ja, er steckt noch in den Windeln – aber er ist da.
Euch ist heute der Heiland geboren:
Mitten hinein in diese heillose Unordnung ist er geboren, mitten hinein in unsere kaputten Beziehungen, mitten hinein in den ganzen Weihnachtsstress und den Unfrieden und unser unfertiges Leben. Unser Leben ist unfertig, ja – aber uns ist heute der Heiland geboren, und das ist der, der das Unfertige zu Ende bringt, der das Krumme gerade macht und das Kaputte Heil.

Darum kann alles nur besser werden.
Man muss die Welt nur mit den richtigen Augen betrachten.

2009

Wir sind schon Gottes Kinder –
aber noch ist nicht zutage getreten,,
was wir sein werden.
Wir wissen aber:
Wenn es zutage treten wird,
werden wir ihm gleich sein.

1. Johannes 3, 2

Glauben Sie an Gott?

Und sagen Sie jetzt bloß nicht:
Was für eine dumme Frage!
Denn ich weiß, dass heute viele Menschen im Gottesdienst sitzen, die nicht an Gott glauben. Oder die nicht so genau wissen, ob sie an Gott glauben sollen. Es ist Weihnachten – da kommt alle Welt!

Und genau so soll es sein. Denn gerade für die, die sonst nicht kommen, habe ich heute eine Botschaft. Gott lässt Ihnen ausrichten – durch den Evangelisten Lukas, durch seinen Engel und durch mich -, dass es heute nicht unbedingt darauf ankommt: dass Sie an Gott glauben. Heute kommt es nur darauf an, dass e r an S i e glaubt.

Gott glaubt an Sie: Das ist die Weihnachtsbotschaft. Gott glaubt so sehr an Sie, dass er ihnen dieses Kind anvertraut.
Euch ist heute der Heiland geboren,
verkündet der Engel,
und das dürfen Sie ruhig wörtlich nehmen:
Für Sie ist er geboren, euch ist er in die Krippe gelegt, euch ist er anvertraut – nicht, weil ihr so fromm seid, sondern weil Gott euch zutraut,
Menschen seines Wohlgefallens
zu werden.

Das glauben Sie nicht?
Dann denken Sie mal nach!
Hat Gott wohl die Hirten ausgesucht, Zeugen dieser Geburt zu sein, weil die Hirten so gute, so perfekte, so gläubige Menschen wären? Mitnichten! Im Gegenteil: wenn sie das wären – was sollten sie dann an der Krippe? Warum sollten sie sich denn auf den Weg machen, den Heiland zu finden, wenn in ihrer Welt alles heil wäre? Wo *alles paletti* ist, braucht man keinen Helfer; wenn ich mich frei fühle, brauche ich keinen Befreier; wo nichts kaputt ist – ich nicht und nicht die Welt um mich herum – brauche ich keinen, der heil macht. Deswegen hat Gott die Hirten ausgesucht: weil sie nicht aus einer heilen Welt kommen und weil sie selber keine Heiligen sind.

Genau so wenig wie die so genannten heiligen drei Könige – die in Wirklichkeit ja gar keine Könige sind, sondern Magier. Die nicht einmal Gläubige sind, sondern Heiden. Die kommen doch nicht zur Krippe, weil sie so fromm sind, sondern weil sie sich einen Event erhoffen. Und sind zu allem Überfluss auch noch genauso einfallslos wie wir, wenn es um Geschenke geht: Geld an erster Stelle, dann Parfum, und dann noch etwas Myrrhe für die Wellness.

Aber das macht nichts, soll ich Ihnen heute sagen! Darauf kommt es - heute Abend, heute Nachmittag zumindest - nicht an. Heute zählt nur Eines: dass Gott Sie gerufen hat, das Heil der Welt zu suchen. Und dass Sie gekommen sind. Sie sind doch hier! Und darum traut Gott ihnen zu, dass das Heil bei Ihnen in den rechten Händen liegt.

Weil Sie andere sein werden, wenn Sie nach diesem Gottesdienst nach Hause gehen. Weil sie andere sein können.
Eigentlich bin ich ja anders – ich komme nur zu selten dazu:
Diesen Stoßseufzer nimmt Gott heute ganz ernst. Und lässt Ihnen ausrichten:
Stimmt! Eigentlich bist du ganz anders.
Und ich will dir helfen, so zu werden, wie du eigentlich bist.

Das ist Gottes Botschaft für Sie.
Ich bin da, heißt diese Botschaft,
ich bin in der Welt.
In dieser Welt – nicht in irgendeiner anderen.
Und ich bin dein Helfer.
Dein Heiland.
Der dir hilft, heil zu werden.
Ein anderer zu sein.
Und auf einmal stimmen die Engel mit ein,
die ganzen himmlischen Heerscharen hält es nicht länger vor Freude,
und sie jauchzen los und singen voller Jubel:
Ehre sei Gott in der Höhe
und Friede auf Erden
den Menschen seines Wohlgefallens.

So glücklich sind die Engel darüber, dass Gott sie endlich gefunden hat: Menschen, die andere sein wollen. Nämlich Sie! Sie alle. Jeder von Ihnen.

Und nun sagen Sie mir bloß nicht, dass Sie d a s nicht glauben wollen!

2009

Denn siehe, ich will ein Neues schaffen, jetzt wächst es auf,
erkennt ihr's denn nicht?
Ich mache einen Weg in der Wüste und Wasserströme in der Einöde.
Das Wild des Feldes preist mich, die Schakale und Strauße;
denn ich will in der Wüste Wasser und in der Einöde Ströme geben,
zu tränken mein Volk, meine Auserwählten;
das Volk, das ich mir bereitet habe, soll meinen Ruhm verkündigen.

Jesaja 43, 19-23

Und wo Leben ist, da ist Heil.

Wo Leben ist, da ist Heil,
und es ist ganz egal, wie armselig dieses Leben ist.

Wo Leben ist, da ist Heil -
auf der Straße, unterwegs – wie viele Menschen sind heute abends unterwegs! – zu Hause unterm Weihnachtsbaum; ob Sie gemeinsam am Tisch sitzen oder jeder einzeln in seinem Sessel, auf Stühlen; egal ob einer im Bett liegt oder ob eine Futterkrippe als Bett reichen muss: Wo Leben ist, da ist Heil.

Also hier! Hier bei uns, wo die Konfirmandinnen und Konfirmanden ganz aufgeregt sind, dass sie bloß nicht ihren Einsatz verpassen und Sades Mutter hofft, dass Sade rechtzeitig zur Gans wieder zu Hause ist und die Einen froh sind, dass Sie es noch rechtzeitig hierhin geschafft haben und Andere unruhig sind, weil sie zu Hause noch Geschenke einpacken müssen und die Dritten schon jetzt wissen, dass auch dieses Weihnachten überhaupt nicht besinnlich werden wird, während die Vierten sich darauf freuen, am Heiligen Abend die Geschenke auszupacken und all die Liebe zu genießen, die doch mit den Geschenken verschenkt werden wird. Die ganze Fülle des Lebens: Sie ist heute hier zu finden, und damit auch die ganze Fülle des Heils. Denn *wo Leben ist, da ist Heil.*

Und in diesen Tagen macht sich Maria Carolina de Jesus in Sacramento auf den Weg in die Stadt Sao Paulo, obwohl sie schwanger war; denn sie hoffte, dort Nahrung und Unterkunft zu finden. Und als sie daselbst war, kam die Zeit, dass sie gebären sollte. Und sie gebar ihren ersten Sohn und wickelt ihn in Windeln und legt ihn in einen alten Seifenkarton, denn man hatte keinen Platz für sie in den Krankenhäusern von Sao Paulo.

Glauben Sie, sie dachte an die Zukunft und an die Sorgen, die sie auf ihrem Weg begleitet hatten? Nein: Sie sah das kleine Leben vor sich liegen, und die Nachbarinnen kamen staunend und schwätzend und ihre

Männer standen dabei und lächelten schüchtern – und alle spürten es: dass es noch Heil gibt in dieser Welt.

Denn zu wem denn sonst kommt der Heiland, wenn nicht zu Leuten wie uns? Die sich streiten wie die Kesselflicker, die kaputt sind wie der Hirte an der Krippe?! Mag sein, dass wir kaputt sind, müde und erschöpft und manchmal am Ende unserer Hoffnung - aber wir leben! Und so lange wir leben, so lange haben wir Hoffnung.

Glauben Sie nicht, dass ich Ihnen jetzt Friede, Freude, Eierkuchen predige, oder Friede, Freude, Gänsebraten. So einfach ist das nicht mit dem Heilmachen. Der Heiland kommt nicht um zu kitten, um zuzukleistern, um zu glätten und zu beruhigen. Er ist ein Unruhestifter: Der Engel ruft seinetwegen die Hirten weg von ihren Herden; Maria und Joseph dürfen es sich nicht etwa gemütlich machen nach der schweren Geburt, sondern müssen ihr Kind in einer Krippe unterbringen. Selbst die himmlischen Heerscharen werden dieses Kindes wegen herausgerissen aus ihrem heiligen Lobgesang, werden von Gott runtergescheucht auf die Erde, um ausgerechnet diesen paar Hirten vom Heil zu singen. Um sie herauszurufen aus dem Trott, raus aus dem gewohnten Alltag. Es geht um Heil – ja; aber wo Heil werden soll, muss Leben sein, und wo Leben ist, da ist Unruhe. Keine Nacht war unruhiger als diese Nacht. Die heilige Nacht.

Ja. Die Unruhe ist es, die diese Nacht zur heiligen Nacht macht. Wer das Heil finden will, darf es sich nicht gemütlich machen. Heute Nacht ruft Gott die Menschen zum Aufbruch, scheucht sie auf, schickt sie auf den Weg, lässt sie aufbrechen. Und warum? Damit sie hinter sich lassen, was kaputt ist!

Es soll heil werden, was kaputt ist. Aber nicht, indem alles wieder gekittet, zugekleistert, geglättet und beruhigt wird. Sondern indem wir uns auf den Weg machen, um hinter uns zu lassen, was uns kaputt macht. So, wie Sie sich heute Abend aufgemacht haben, um hier in den Gottesdienst zu gehen und doch nicht mehr zu finden als ein kleines Kind. Aber mit diesem Kind beginnt ein Neues, beginnt neues Leben, und *wo Leben ist, da ist Heil.*

Ja, das ist die frohe Botschaft: Neues wächst auf – seht ihr's denn nicht?! Was euch kaputt macht: Ihr dürft es hinter euch lassen, dürft neu anfangen, dürft Neues wagen. Dürft aufatmen und leben. Leben - und heil werden! Heil werden, wo ihr lebt! Das ist die frohe Botschaft: Das Heil ist dort zu finden, wo Sie leben! Und darum ist das Heil heute Abend in dieser großen Stadt überall zu finden. Nicht nur unterm Weihnachtsbaum. Auch auf den Straßen. Überall, wo Menschen unterwegs sind. Überall, wo Menschen aufbrechen, um es zu finden, das Heil. Mitten unter uns ist es zu finden. Hier, in dieser Kirche. Und draußen, in der ganzen Welt!

Denn Christus ist geboren, der Heiland der Welt, und er ist e u c h geboren, und er lässt sich finden, wo ihr ihn nie vermutet hättet: In e u r e m Leben!

2010

Darin ist erschienen die Liebe Gottes unter uns,
dass Gott seinen eingeborenen Sohn gesandt hat in die Welt,
damit wir durch ihn leben sollen.

1. Johannes 4, 9

Fürchtet euch nicht!,
ruft der Engel,
und das aus gutem Grund!
Denn es ist eine gewaltige Botschaft, die er verkündet, eine machtvolle Botschaft, es ist die Botschaft von der Allmacht der Liebe:
Darin ist erschienen die Liebe Gottes unter uns,
dass Gott seinen eingeborenen Sohn gesandt hat in die Welt,
damit wir durch ihn leben sollen -
und diese Botschaft gilt allen,
allem Volk,
also nicht nur Christen, sondern Christen, Juden, Moslems, Hindus, Shintoisten gleichermaßen, den Armen und den Reichen, den Mächtigen und den Elenden;
so sehr hat Gott die Welt geliebt,
dass er allen Menschen die Botschaft seiner Liebe verkündigen lässt.

Aber nicht alle wollen sie hören! Weil das natürlich ein Anspruch ist, vor den Gott Sie stellt. Da kommt einer und sagt Ihnen, dass er sie liebt – und nun!?
Wenn ein Kind kommt und sagt:
Mama, ich hab dich lieb!
Papa, ich hab dich lieb! –
dann können Sie ihr Kind doch nicht einfach wegschicken, auf seine Liebe pfeifen, so tun, als hätten Sie nichts gehört. Denn sie würden auf alles verzichten, wonach Sie sich doch sehnen: auf Glück, auf Seligkeit, auf Erfüllung.

So bleibt Ihnen also gar nichts anderes, als die Liebe, mit der Sie geliebt werden, zu erwidern.
Sehet, die Hirten eilen von den Herden
und suchen das Kind nach des Engels Wort;
geh'n wir mit ihnen,
Friede soll uns werden:
Das ist die einzig sinnvolle Antwort auf die Botschaft des Engels. Sich ergreifen zu lassen und das zu ergreifen, was Gott schenkt: Liebe.

Aber in dieser Welt ist nicht alles sinnvoll. Nicht alle sind bereit, alles aufzugeben um der Liebe willen. Am Schwersten haben es die Reichen und die Mächtigen. Denn Liebe macht wehrlos. Wer liebt, zieht nicht in den Krieg. Wer liebt, hasst nicht länger. Wer liebt, klebt nicht an der Macht. Wer liebt, gibt alles auf, was nicht der Liebe dient. Die Liebe hört niemals auf, kennt kein Maß, keine Grenze, sprengt alle Grenzen, zerstört alle Gewalt. Die Liebe ist die mächtigste Macht, die die Welt kennt – und darum der Schrecken aller, die diese Welt beherrschen wollen.

Wir aber: Wir haben die Wahl. Weihnachten ist das Fest der Entscheidung. Ein Fest der Klärungen. Wo will ich stehen in dieser Welt? Da ist einer, der sagt, dass er mich liebt. Will ich's hören? Will ich's glauben? Meine große Liebe: Vielleicht ist sie schon lange ermüdet. Unsere Liebe - Ihre, meine - wird jeden Tag auf's Neue auf die Probe gestellt in einer Welt, die den Liebenden so wenig Raum gibt. So wenig Raum! Manchmal nicht mehr als einen Stall. Manchmal nicht einmal das, sondern nur eine Krippe.

Aber genau das macht diese Nacht so heilig. So heilsam. Wir stehen wehrlos vor der Botschaft von der Liebe Gottes – warum fällt es uns so schwer, die Gegenwehr dagegen aufzugeben? Wir müssen nur unsere Waffen aus der Hand legen. Ja, manchmal fällt das schwer. Aber es ist unsere einzige Hoffnung. Und unsere Rettung.

Denn Euch ist heute der Heiland geboren:
Darum fürchten *w i r* uns nicht.
Denn wir wissen:
Er ist dazu erschienen,
uns Arme reich zu machen,
uns Ohnmächtige mächtig,
uns Müde leidenschaftlich,
uns Traurige fröhlich
und uns Furchtsame mutig.
Mutig, die Liebe zu wagen,
nicht nur heute Nacht,
nein, heute und morgen und immer.

Denn die Liebe hört niemals auf –
und uns ist sie erschienen, in dieser Nacht.

2011

Das Volk, das im Finstern wandelt,
sieht ein großes Licht,
und über denen, die da wohnen im finsteren Lande,
scheint es hell.

Jesaja 9,1

Das Volk, das im Finstern wandelt,
sieht ein großes Licht –
wahrlich, wir leben in finsteren Zeiten! Wobei es keine Gespenster sind, die uns im Finstern schrecken – es sind eher die „Mitternachtsnotare", die uns Angst machen; Kredite, die im Verborgenen gegeben werden; und als eine tödliche Gefahr haben sich die Dunkelmänner erwiesen, die vom Verfassungsschutz bezahlt werden. Wahrlich, wir leben in finsteren Zeiten!

Aber keine Sorge: Alles wird gut! Der Rettungsschirm ist doch schon aufgespannt, der Europa Heil bringen wird und einen starken Euro, trotz der schwachen Griechen. Alles wird gut. Fragt sich nur, für wen?!

Nun, Sie haben es gehört und gesehen: Es wird tatsächlich alles gut.
Das Volk, das im Finstern wandelt,
sieht ein großes Licht –
und wenn ich *Volk* sage, meine ich auch das Volk.

Wer sitzt denn da an der Krippe?
Eine ziemlich moderne Familie: die Eltern nicht verheiratet; das Kind unehelich; und wo sie morgen wohnen werden, ist heute noch völlig unsicher. Die Hirten: keine Angestellten mit festem Job, sondern für eine Saison angeheuert, Leiharbeiter sozusagen. Der Wirt oder die Wirtin: auch vor 2.000 Jahren möglicherweise kein Einheimischer, vielleicht - ja! - ein Grieche. Und die Sterndeuter: Sie kommen aus dem Nahen Osten, Iran vielleicht; und einer von ihnen ist der Legende nach ein Schwarzer. Eine sehr moderne Gesellschaft – und kein Reicher dabei! Und das
große Licht?
Nicht mehr als
ein Kind,
in Windeln gewickelt
und in einer Krippe liegend.

Ja – aber anders wird es doch nicht Licht!

Licht wird es doch nicht, weil da irgendwo ein paar Regierende einen Schirm aufspannen! Sondern Licht wird es da, wo mir einer sagt:

Ich hab dich lieb!
Guck mal: Ich hab ein Geschenk für dich!

Doch, deswegen ist Weihnachten so ein wunderbares Fest: weil Menschen da einander beschenken. Denn Sie schenken doch nicht nur einen Ring oder einen Schlips oder ein paar Socken oder einen Laptop – Sie schenken doch mit Ihrem Geschenk etwas von sich selbst. Schenken Zuneigung, Zärtlichkeit, Aufmerksamkeit. Ich bekomme zum Beispiel in diesem Jahr einen Hut geschenkt. Und ich weiß, was dieser Hut bedeutet. Die, die ihn mir schenkt, will, dass ich behütet bleibe. Das ist ihr Geschenk.

Deswegen ist Weihnachten so ein wunderbares Fest: weil Menschen da beschenkt werden. Und zwar alle Menschen, selbst die, die kein Geschenk bekommen. Denn warum schenken wir uns einander etwas? Weil Maria dem Joseph etwas geschenkt hat vor 2.000 Jahren: dieses Kind,
in Windeln gewickelt
und in einer Krippe liegend.

Und mit diesem Kind nicht nur dem Joseph, sondern aller Welt, allem Volk, allen Menschen etwas schenkt: den, der aller Welt Heiland ist.

Denn dieses Kind in der Krippe: Es ist das Geschenk Gottes an seine Menschenkinder.
Nur ein Kind – aber es
leuchtet als die Sonne in seiner Mutter Schoß:
Dieses Kind ist das Licht, das die Finsternis erhellt, die Schatten vertreibt, das uns unsere Zukunft aufleuchten lässt als eine Zukunft, in der es nichts anderes geben kann als Licht und Leben und Wonne.

Dieses Kind ist das
A und O,
der Anfang und das Ende:
Die Nachricht von dieser Geburt wird den ganzen Erdkreis erfassen, alle Völker; allen Menschen zum Segen. Und die Nachricht von dieser Geburt vertreibt nicht nur die Mitternachtsnotare, sondern setzt die ganze Welt in ein neues Licht: ein Licht, in dem wir gar nicht anders können als

friedfertig zu werden, zärtlich sein und liebevoll werden. Weil wir die sind, die geliebt werden, von dem, der Liebe ist.

Und diese Liebe kann uns niemand nehmen.
Wir heißen Gottes Kinder
und wir sind es auch -
bleiben es auch in Finsternis und Dunkelheit,
bleiben es in einer Welt, die so gar nicht heil scheint –
und in die doch der Heiland gekommen ist,
Christus der Herr,
in der Stadt Davids.

Und das habt zum Zeichen:
ein Kind, in Windeln gewickelt
und in einer Krippe liegen -
ein Kind, für uns geboren,
damit wir Gottes Kinder werden und bleiben,
in dieser Nacht
und morgen
und immer.

2011

Siehe, ich verkündige euch große Freude,
die allem Volk widerfahren wird.

Da sind sie nun also versammelt, in diesem elenden Kaff namens Bethlehem, so klein, dass es nur eine einzige Herberge hat, und die ist voll, sobald auch nur eine Handvoll Fremde in Bethlehem Unterschlupf suchen. In diesem Kaff, das auf keiner Landkarte zu finden ist. Was kann aus Bethlehem schon Großes kommen?

Da sitzen sie nun also, im Freien vermutlich; der Stall wird nicht mehr gewesen sein als nur ein Dach. Sitzen und wundern sich, staunen über das neue Leben, ein Kind, das in der Krippe liegt, die Maria und Joseph kurz entschlossen zweckentfremdet haben. Umfunktioniert zu einem Kinderbett.
Damit das Kind wenigstens ein Dach über dem Kopf hat.
Sie sehen: Kein Mensch braucht ein Haus für 500.000 Euro.

Da sitzen sie also, wenigstens für einen Augenblick. Denn viel Zeit haben sie nicht; sie sind ja nur kurz davon gelaufen, die Hirten, von ihrer Herde; werden gleich zurück müssen, ihre Arbeit tun, ihrer Verantwortung nachkommen. Sie werden gleich wieder umkehren – aber was sie gesehen haben, haben sie gesehen.
Ein Kind, in Windeln gewickelt
und in einer Krippe liegen.

Na und? Werden nicht jeden Tag, jede Stunde, jede Minute auf dieser Welt Kinder geboren? Was ist so besonderes daran? Mit Blick auf die weltweite Geburtenrate zählt die Geburt eines Kindes nicht mehr als ein Tropfen im Meer. Ein Sandkorn am Strand. Oder – ja, nicht mehr als eine Schneeflocke.

Aber genau das ist das Besondere daran: der Blick auf die weltweite Geburtenrate. Der die einen spotten lässt:
Ein Kind, in Windeln gewickelt!
Und der die anderen jubeln lässt:
Christus der Herr!

Die nämlich, die zugehört haben! Die die Botschaft der Engel gehört haben. Und mit dieser Botschaft im Ohr einen neuen Blick gewinnen auf die ganze Welt.

Denn was singen die Engel?
Ehre sei Gott in der Höhe
und Friede auf Erden
den Menschen seines Wohlgefallens!
Ja, sollen sie ihren Euro-Rettungsschirm doch aufspannen – was kratzt uns das denn? Was zählt dieser Rettungsschirm gegenüber dem Horizont, den Gott heute Nacht aufspannt, über der ganzen Erde, allen Kontinenten, allen Völkern?!

Seht doch! Diese eine Stunde, die die Hirten ihre Herde verlassen haben, diese eine Stunde, die sie an der Krippe sitzen, wird ihr Leben verändern. Bethlehem, dieses elendigliche Kaff, wird durch diese eine Nacht zum Sehnsuchtsort für Generationen von Menschen. Und diese eine Geburt: sie öffnet einen weltumspannenden Horizont! Diese Geburt wird den Lauf der Welt verändern und mit ihm den Lebenslauf unzähliger Menschen. Nicht umsonst sind heute die Kirchen voll, überall auf der Welt, auf dem ganzen Erdkreis. Weil diese Botschaft:
Euch ist heute der Heiland geboren!
der ganzen Welt gilt.

Ja, sollen sie ihre Rettungsschirme doch aufspannen! Sie jachtern dem Lauf der Dinge doch immer nur hinterher. Denn die Globalisierung: sie begann schon vor 2000 Jahren. An der Krippe sitzen Maria und Joseph, Kinder Israels, und ein paar hergelaufene Hirten aus Palästina; irgendwann werden drei Männer aus dem Irak oder Iran dazukommen. Der Wirt, dem der Stall gehört, das Dach über dem Kopf, ist vielleicht der Grieche hier um die Ecke. Der Hausknecht kommt möglicherweise aus Portugal, und die Heerscharen der Engel, die Gott schickt, sind in der ganzen Welt zu Hause: in Chile und in Irland, in China und in Kanada. Es gibt kein Land, nicht ein einziges Land auf dieser ganzen weiten Erde, in dem heute und morgen dieses Kind in der Krippe nicht angebetet wird. Das ist die wahre Globalisierung: Über den ganzen Globus wird heute das Evangelium von der Geburt dessen verkündet, der der Heiland aller Welt ist.
Denn euch ist heute der Heiland geboren,
welcher ist Christus, der Herr –
und das ist die Freudenbotschaft, die mehr zählt als alle Schreckensbotschaften von den Märkten und der Börse.

Die wahre Globalisierung: eine Freudenbotschaft.
Eine Botschaft von der Freude,
die allen Völkern widerfahren wird,
eine Botschaft vom Heil,
die der ganzen Welt gilt.

Die Hirten sind es, die es begreifen in dieser Nacht, darum
kehren sie um und loben Gott für alles,
was sie gehört und gesehen hatten –
weil sie begriffen haben, dass das Neue schon längst gekommen ist, und dass es alle Welt umfasst, den Globus, den Erdkreis. Es ist da – er ist da. Und macht alle zum Spott, die die Botschaft nicht hören:
Fürchtet euch nicht!

Ihr aber, Christenmenschen, Ihr habt sie gehört. Und darum werdet ihr heute ein frohes, unbeschwertes, leichtes, himmlisches Weihnachtsfest feiern. Das ist so sicher wie das Amen in der Kirche.

2012

Denn in ihm wohnt die ganze Fülle der Gottheit leibhaftig
und an dieser Fülle habt ihr teil in ihm,
der das Haupt aller Mächte und Gewalten ist.

Kolosser 2, 9-10

Es muss im Leben mehr als alles geben.

Nirgend wann sonst wird uns das so deutlich, wie an Weihnachten, wenn es um die Geschenke geht. Wenn Sie Kinder haben, oder Enkel, ist das einfach: dann bringt die Geschenke der Weihnachtsmann, oder das Christkind. Aber schwierig wird es, wenn es um uns selbst geht. Denn dann wird ganz deutlich, dass wir eigentlich alles haben. Alles, was wir brauchen.

Aber nirgendwann sonst als an Weihnachten wird uns auch deutlich: Es muss im Leben mehr als alles geben. Weil das, was wir haben, eben nicht ausreicht, um unser Leben zu erfüllen. Am ehesten noch erscheint uns unser Leben als erfüllt, solange wir kleine Kinder haben. Aber selbst dann bleiben noch Wünsche offen. Der Wunsch zum Beispiel nach einer friedlichen Zukunft für die Kinder. Der Wunsch danach, dass die Kinder es einmal nicht schlechter haben werden als wir selbst. Denn wir haben doch alles.

Und spüren trotzdem: Es muss im Leben mehr als alles geben. Auch mein Beruf kann doch nicht alles gewesen sein. Meine Ehe oder Partnerschaft oder eben Nicht-Ehe und Nicht-Partnerschaft, Freunde und Familie: Das kann doch nicht alles gewesen sein?! Und mein Alltag, mit all seiner Hetzerei, seiner Mühsal, der nicht enden wollenden Arbeit im Haushalt, Einkauf, Friseur, und selbst der lang ersehnte Urlaub: Das kann doch nicht alles gewesen sein!?

Stimmt!
rufen da die Engel: Das soll auch nicht alles gewesen sein. Euer Leben soll nicht nur aus Hektik bestehen. Es soll mehr sein, es soll sein ... wie Weihnachten!

Denn an Weihnachten liegt in der Krippe, was mehr als alles ist. An Weihnachten liegt in der Krippe, was den ganzen Erdkreis schon immer erfüllt: die Fülle der Gnade Gottes. In einem Kind wird sichtbar, was jeden Horizont übersteigt, jede Sehnsucht überbietet: die Fülle der Herrlichkeit Gottes.

Ja - Weihnachten deckt auf, was unserem Leben fehlt –

aber Weihnachten deckt auch auf, dass das zu finden ist, was fehlt.
In dieser Welt, in unserem Leben.

Denn wenn der Engel ruft:
Euch ist heute der Heiland geboren,
dann ist das seine Art zu sagen:
Es gibt im Leben mehr als das, was ihr kennt.
Es gibt das Glück, das kein Ende hat,
es gibt den Frieden, den keiner brechen kann,
es gibt das Leben, das unzerstörbar ist.
Was euch zu fehlen scheint: Es ist erschienen! Ist in der Welt.
Denn der ist geboren, der aller Welt Heiland ist.

Und der lag nicht nur in der Krippe vor 2000 Jahren. Der liegt auch heute noch in der Krippe. Ist zu finden, wo immer ihr seid, zuhause oder unterwegs; zuhause und doch unterwegs! Ist zu finden bei euch; wer immer ihr seid. Denn wer auch immer ihr seid: Ihr seid die Menschen seines Wohlgefallens. Menschenkinder. Gottes Kinder. Die die Fülle des Lebens haben – weil der geboren ist, der die Fülle mit sich bringt.

Das ist Weihnachten. Die Antwort auf Ihren Seufzer:
Es muss im Leben mehr als alles geben.
Gibt es auch.
Ruft der Engel.
Rufen die himmlischen Heerscharen.

Und die müssen es wissen, denn sie kommen geradewegs von Gott, der die Fülle ist.

2013

Denn von seiner Fülle haben wir alle genommen Gnade um Gnade.

Johannes 1, 16

Die gute Nachricht des heutigen Tages:
Ab dem nächsten Jahr erhalten die Hirten 8.50 Euro Mindestlohn.
Da werden sie endlich gerecht bezahlt.
Und das ist wichtig.

Doch, wirklich: Das ist wichtig.
Uns allen, auch Ihnen:
dass wir das Gefühl haben, für unsere Arbeit auch gerecht bezahlt zu werden.
Weil das eine Form von Anerkennung ist.
Oder von Wertschätzung Ihrer Arbeit. Jede Hausfrau weiß, wovon ich rede. Was mangelnde Wertschätzung bedeutet. Und jeder Krankenschwester, jedem Altenpfleger, jeder Kindergärtnerin und vielen Verkäuferinnen reicht ein Blick auf ihren Gehaltszettel, um zu begreifen, wie wenig ihre Arbeit wertgeschätzt wird.

Und dann strahlt ein Licht auf,
und die Klarheit des Herrn umleuchtet sie,
und sie fürchten sich sehr.
Wissen nicht, was ihnen geschieht. Wie ihnen geschieht. Ausgerechnet ihnen!

Und die Klarheit des Herrn umleuchtet sie -
ausgerechnet zu ihnen kommt er, der Engel; ausgerechnet sie, denen nie Anerkennung widerfährt, geschweige denn Wertschätzung entgegengebracht wird: Ausgerechnet sie werden für wert erachtet, als erste die Botschaft zu hören, die die Welt verändern wird.
Euch ist heute der Heiland geboren:
Ausgerechnet ihnen schenkt Gott sein Heil.
Keinen Mindestlohn!
Sondern die Fülle, die Überfülle seiner Gnade!

Wir sind jetzt etwa 1.700 Leute hier in der Kirche. Im nächsten Gottesdienst werden es 1.200 Leute sein. Warum? Warum strömen die Menschen an Heiligabend in die Kirche?

Weil heute der Tag ist, an dem der Engel des Herrn zu denen spricht, die in die Kirche kommen. Weil heute der Tag ist, an dem Sie zu hören

bekommen, woran es Ihnen ein ganzes Jahr mangelt: dass Sie etwas wert sind. Der Engel des Herrn verkündet die frohe Botschaft vom Heil, von einem Heil, das nur für Sie, nur ihretwegen in die Welt kommt.
Euch ist heute der Heiland geboren.
Euch, denen es an Gerechtigkeit mangelt. Euch, die so oft zu kurz kommen. Euch, die man zu oft übersieht. Für euch ist er geboren,
Christus, der Herr.

Ja, Heiligabend ist ein Fest nur für euch. Die Mühseligen und Beladenen. Ach, wer wurde denn schon Hirte?
Wer nichts wird, wird Hirt,
galt damals –
nur bei den Engeln galt das nicht, in jener heiligen Nacht; und bei Gott gilt das nicht, keine Nacht, keinen Tag gilt das bei Gott: dass wir die sind, die nichts geschafft haben, die nichts in Händen haben, die keiner will und keiner ernst nimmt. Für Gott sind wir andere:
Menschen seines Wohlgefallens,
vor Gott sind w i r es, die zählen, wenn es um die Weltgeschichte geht, wenn der Heiland auf die Welt kommt, der die Welt so gründlich ändern wird, dass man sie nicht wieder erkennt. S i e sind es, für die Gott die Weltgeschichte um schreibt mit der Geburt dieses Kindes in der Krippe, gerade Sie, ausgerechnet Sie!

Ja,
euch ist heute der Heiland geboren:

weil ihr die Menschen seid, die Gott mehr wert sind als nur einen Mindestlohn. Ihr seid ihm A l l e s wert. Und so schenkt er euch alles, was er hat: Seinen Sohn, die Fülle seiner Gnade, die Überfülle seiner Liebe. Alles, was ihr braucht, schenkt euch Gott, alles, was ihr euch ersehnt.

Weil ihr es ihm wert seid.

2013

Kundtun will ich den Ratschluss des HERRN.
Er hat zu mir gesagt:
»Du bist mein Sohn, heute habe ich dich gezeugt.
Bitte mich,
so will ich dir Völker zum Erbe geben
und der Welt Enden zum Eigentum.

Psalm 2, 7-8

Für eine Mutter ist ihr erstes Kind immer das schönste Kind auf der ganzen Welt.
Und für einen Vater auch.

Ich weiß noch, wie das war, als mein erstes Kind geboren wurde. Die Hebamme gab mir unsere Tochter auf den Arm und ich sollte sie waschen – aber ich habe mich gar nicht getraut, weil ich Angst hatte, ich könnte da was kaputt machen. Und dann musste ich ja wieder zurück nach Hause, und auf dem Weg aus dem Krankenhaus und zum Auto kamen mir Leute entgegen, und ich war so glücklich, so stolz, so fröhlich, dass ich allen zugerufen habe:
Es ist ein Mädchen!
Und manche blickten mich ganz verständnislos an, und andere fingen an zu lächeln und riefen zurück:
Herzlichen Glückwunsch!
Oder:
Wie schön!
Und in meinen und ihren Augen sah die ganze Welt fröhlich aus.

Und sehen Sie: Das ist das ganze Geheimnis der Weihnacht. Heute wird ein Kind geboren, und weil Gott auch nicht viel anders tickt als wir, lässt er allen Menschen zurufen:
Es ist ein Junge!
Denn das Kind in der Krippe: Das ist doch sein Kind! Dieses Kind hat Gott gewollt, unbedingt, von Anbeginn der Zeiten an, ohne ihn läge es nicht in seiner Krippe – und darum kann Gott zu Recht sagen:
Mein Sohn!
Und ist so überglücklich, dass er jetzt einfach will, dass die Leute von dieser Geburt erfahren. Und so schickt er seine Engel los, dass sie die frohe Botschaft verkünden, und sie tun es und verkünden den ersten Besten, die ihnen über den Weg laufen, den Hirten:
Euch ist heute der Heiland geboren!
Und auch die Hirten, von dieser Botschaft überfallen, wissen vielleicht gar nicht, wie ihnen geschieht, auf jeden Fall aber ist ihre Neugier geweckt und sie machen sich auf, das Kind mit eigenen Augen zu sehen. Und was sie sehen, ist genau das: die ganze Freude Gottes, Gottes ganzes Glück. Hier liegt es in einer Krippe.

Aber wenn Gott sich über die Geburt seines Kindes so sehr freut, dann muss er ja auch über meine Geburt, über Ihre Geburt außer sich vor Freude gewesen sein! Denn auch Sie, auch ich, die schlichten oder gehobenen, die dicken oder dünnen, großen oder kleinen, dummen oder schlauen Friedenauer sind doch Gottes Kinder! Wenn er unser Vater heißt, sind wir seine Kinder! Und darum war Gott auch bei Ihrer Geburt außer sich vor Freude! Und als Sie zur Welt gekommen sind, da kam auch mit Ihnen Gottes ganzes Glück in die Welt!

Und sehen Sie: Im Grunde unseres Herzens spüren Sie das auch! Was wir Glauben nennen, ist genau das: diese Ahnung davon, dass wir Gottes Kinder sind. Wir vergessen es vielleicht ein ganzes Jahr über, aber an Weihnachten wird es ganz offenbar: dass es auch u n s e r Leben ist, was in der Krippe liegt, überschattet von seiner Gnade, überstrahlt von der Klarheit seines Lichtes.

Ja, liebe Schwestern, Brüder: Wir sind alle Kinder Gottes. Wir vergessen's manchmal, dass wir doch Geschwister sind, zanken, streiten, wetteifern miteinander - aber das tun Geschwister immer. Und das ändert nichts daran, dass wir Geschwister sind, Kinder eines Vaters. Und wie das Kind in der Krippe gelebt hat, gelacht hat, geweint hat; wie dieses Kind, Gottes Sohn geliebt hat und sich verliebt hat und verletzt wurde und gelitten hat, um am Ende doch das Reich der Himmel zu ererben – so sollen auch wir leben und lachen und weinen, uns verlieben und einander lieben. Und am Ende selig werden, weil doch das Glück mit uns in die Welt gekommen ist, um uns selig zu machen. Warum blicken Sie so sorgenvoll in die Zukunft? Sie haben doch einen Vater, der für Sie sorgt; der Sie liebt wie eine Mutter; der stolz auf Sie ist wie Oskar; der zu Ihnen hält, weil auch Sie einmal das schönste seiner Kinder waren.

Für eine Mutter ist ihr eigenes Kind immer das schönste Kind auf der ganzen Welt.
Und für einen Vater auch.

Und wer könnte glücklicher darüber sein als Sie, unseres Vaters schönstes Kind?!

2014

Wir heißen Gottes Kinder - und wir sind es auch!

1. Johannes 3, 1

Solidaritätszuschlag,
kalte Progression,
Krieg in der Ukraine,
die ISIS im Irak,
Bürgerkrieg in Syrien,
Flüchtlinge in Deutschland,
Flüchtlinge an den Grenzen der EU –
uff!
Damit ist das abgearbeitet. Denn klar: Eine Predigt an Heiligabend darf das Elend der Welt nicht einfach ausblenden. Aber wem hilft es, wenn ich jetzt vom Elend der Welt erzähle? Sie sind ja nicht blöd. Sie wissen ja, wie es um die Welt bestellt ist.

Darum will ich nicht vom Elend reden, sondern von der Hoffnung. Von der Hoffnung, die aller Welt gilt, und darum auch uns. Maria und Joseph, die Engel, Schafe und Wirtinnen erzählen uns davon: von der Hoffnung. Und zwar nicht von einer Hoffnung darauf, dass es irgendwann einmal besser werden wird, für sie oder für alle Welt. Darauf hoffe ich zwar auch; das bleibt unsere Hoffnung!
Schwerter zu Pflugscharen:
was für eine wunderbare, geradezu verführerische Hoffnung! Und ich glaube fest daran, dass sie sich erfüllen wird! Gottes Versprechen gilt:
Friede auf Erden!
Aber so weit ist es noch nicht! Und es reicht auch nicht, darauf zu hoffen, dass es irgendwann einmal eine Welt geben wird, in der zu leben sich lohnt. Für uns heute ist die Hoffnung viel wichtiger, dass es eine G e g e n w a r t gibt, in der zu leben sich lohnt.
H e u t e ist euch der Heiland geboren,
singen die Engel,
h e u t e schon macht er heil, was zerstört scheint, *h e u t e* kommt er, euch Freude zu schenken und ein Stück vom Himmel und ewige Seligkeit.

Und wie soll das gehen?

Nebbich! Seht doch mal hin! Haben die beiden da an der Krippe es etwa gut? Ohne Unterkunft, unter fremden Leuten; und langsam wird es kalt

unter dem Sternenhimmel. Aber ob sie's gestört hat? Da liegt das Kind, gesund, der Stress der vergangenen Tage ist überstanden – also was soll's?! Morgen? Morgen ist ein neuer Tag! Aber heute ist heute, und das Kind in der Krippe schläft wie ein Engel. Und überhaupt: Ist es nicht so, als ob Engel sängen? Von Liebe und Heil, von Freundlichkeit und Wahrhaftigkeit? Seht doch mal hin! Was da in der Krippe liegt, ist Marias erfüllte Hoffnung, ist Josephs Traum, ist das Ende ihrer Sorge um das Kind, um Marias Gesundheit, um die Umstände ihrer Niederkunft. Und ihr, die ihr an der Krippe steht, ungläubig wie die Hirten, staunend, unsicher, hört ihr nicht die Botschaft:
Euch ist dies Kind geboren!?

Und dieses Kind – ja dieses Kind ist tatsächlich die Hoffnung der Welt.
Denn es ist mein Kind,
sagt Gott,
ist mein Sohn,
so wie ihr meine Kinder seid.
Er ist die Erfüllung meiner Liebessehnsucht,
sagt Gott,
meiner Liebessehnsucht nach euch, meinen Menschenkindern.

Das ist die Weihnachtsbotschaft: dass Gott Sehnsucht hat nach euch! Nach allen Menschen, also auch nach euch! Also worauf wartet ihr denn bloß? Dass morgen euer Arbeitsplatz sicherer geworden ist; dass sich morgen alle Beziehungskrisen wieder einrenken; dass morgen weniger Stress sein wird als heute? Na bitte, darauf könnt ihr natürlich warten. Aber soll das die Erfüllung seiner Liebe zu seinen Menschenkindern sein?

Die Engel erzählen, wie das aussieht, wenn Gott seine Kinder liebt.
Ihr werdet finden ein Kind,
in Windeln gewickelt und in einer Krippe liegen.
Das ist alles, was er braucht. Mehr braucht der Christussohn heute nicht; da ist doch noch seine Mutter, Maria, da ist sein Vater; und zu essen haben sie auch, und vor allem haben sie: dieses Kind. Warum sollte es bei euch anders sein? Alles ist euch geschenkt, alles werdet ihr heute finden, wo immer ihr heute seid, in euren Häusern, unterwegs, bei den Menschen, mit denen ihr Weihnachten feiert. Nein, sie werden sich nicht

ändern, diese Menschen, so wenig, wie ihr euch ändern werdet – aber was zählt das denn in einer Nacht, in der die Engel singen; und sie singen für euch, und singen von Heilung und Heil, singen von Freude und Glück? Singen sogar vom *Frieden auf Erden*, aber singen eben auch davon, wie stark Gottes Sehnsucht nach e u c h ist, euch seltsamen Friedenauern und seltsamen Gästen von irgendwoher – ich verstehe es auch nicht, genau so wenig wie ihr, aber so ist es: Ihr seid es, die er liebt, ihr seid die Menschen seiner Sehnsucht, zu denen er kommt in dieser seltsamen Nacht, die so heilig ist, dass man davon nicht singen noch sagen kann.

Ihr seid es.

2015

Denn sie hatten keinen Raum in der Herberge.

Gott sei Dank!
Es ist Platz für alle da!

Ja, wenn man improvisieren kann!
Maria und Joseph landen am Ende ihrer Reise an einer Krippe. Das hätte sich vor allem Maria gewiss ganz anders vorgestellt. Aber, wenn die Herbergen überfüllt sind, ist eine Krippe besser als gar nichts. Heute vielleicht nicht mehr – aber damals hatten sie es so schlecht gar nicht getroffen mit der Krippe. Ställe gab es nicht im Heiligen Land; die Tiere wurden draußen gefüttert. Aber man stellte die Futterkrippe da auf, wo es trocken war, unter einem Felsüberhang zum Beispiel, und windgeschützt. Und – damals, in dieser heiligen Nacht, waren sie dort für sich. In Ruhe. Ohne Lärm, ohne Krach, ohne Streitereien.
Sie hatten keinen Raum in der Herberge –
und doch war Platz für alle da.

Auch für die Hirten. Die mussten ja auch draußen sitzen, irgendwo unter einem Felsüberhang, für sich, allein. Wo sonst? Niemand hätte sie an seiner Seite gewollt, denn wer wurde schon Hirte?! Hirten hatten keinen guten Platz in der Gesellschaft. Aber gerade deswegen hat Gott sie im Blick.
E u c h verkündige ich Freude,
ruft der Engel,
e u c h und nicht irgendwelchen Dumpfbacken, sondern e u c h da auf dem Feld, denn an der Krippe ist Platz für alle. Auch für euch, denen sonst niemand Platz macht.

Es ist Platz für alle da!
Für alle Menschen guten Willens.
Ja, diese Einschränkung machen die Engel:
Ehre sei Gott in der Höhe
und Friede auf Erde
den Menschen, die guten Willens sind.
Der Weihnachtsfriede kehrt nicht automatisch ein in jedem Haus, ein Tannenbaum allein macht noch kein Weihnachtsfest, und Geschenke allein auch nicht. Wer möchte nicht gern fröhlich sein an Heiligabend – aber um die Freude spüren zu können, die die Engel verheißen, muss man schon Gottes

Wohlgefallen
haben.
Und das hat man, wenn man sich aufmacht und an die Krippe eilt und dort seinen Platz findet, auch wenn man feststellt, dass neben einem plötzlich Syrer sitzen.

Ja, Syrer! Schließlich kommen sie da her, die Weisen aus dem Morgenland. Magier sind sie, Heiden aus dem Land, das heute Irak heißt. Auch für sie ist Platz an der Krippe. Auch in diesem Jahre des Herrn 2015.
Es ist Platz für alle da!

Für alle! -
und darum auch für Sie, natürlich. Obwohl – ist das so selbstverständlich, dass auch für Sie noch Platz ist. Oder bilden Sie sich ein, besser zu sein als die Hirten oder die Magier? Die haben wenigstens Geschenke dabei; die Magier kommen mit Gold, Weihrauch und Myrrhe, die Hirten haben Wolle und Lammsalami – aber was haben wir? Wollen Sie ihm ihre Bildung schenken – die wird er gerade brauchen! Wollen Sie ihm ihr SUV schenken? Er wird später nichts anderes brauchen als einen Esel! Wollen Sie ihm Gold schenken? Das tun schon die Heiden. Was wollen Sie ihm schenken?

Aber müssen wir überhaupt etwas schenken? Es ist doch Platz für alle da – Platz für Große und Kleine; für schwache und Starke; für Powerfrauen und Erschöpfte; für Erfolgreiche und Gescheiterte; für Blonde und Schwarzhaarige; für Fröhliche und Traurige. Für jeden von Ihnen ist Platz an der Krippe. Sie brauchen keine teuren Geschenke, Sie müssen sich nur aufmachen.
Es ist Platz für alle da!

Und außerdem haben Sie alle doch etwas, was Sie schenken können. Weil es etwas gibt, was Sie alle haben! Was Sie alle mitgebracht haben heute Abend: Ihre Liebe!

Und damit sind Sie richtig an der Krippe. Denn die Krippe ist der Ort, an dem eigentlich überhaupt nur e i n s zählt, nämlich die Liebe. Weil in

der Krippe selber die Liebe liegt, die ganze Liebe Gottes zu seinen Menschenkindern.
So sehr hat Gott die Welt geliebt,
dass er ihr seinen einzigen Sohn gab;
damit alle, die lieben, bei ihm einen Platz finden.
Also auch Sie! Gerade Sie, die so voller Liebe sind!

Auf Sie wartet ein wunderbares Weihnachtsfest. Ein Fest voller Liebe - mit der Heiligen Familie, mit Hirten, mit Ihrer Familie und anderem Gesindel und den Magiern aus dem Morgenland. Und mit hunderttausenden von Engeln! Wenn die Luft gleicht zittert, wenn sie nach Hause gehen, dann kommt das von der Menge der himmlischen Heerscharen, die Ihnen zurufen:
Ehre sei Gott in der Höhe!
Ehre dem Gott, der die Liebe ist!
Eilt euch, kommt eilends, seine Liebe zu finden!

Damit Weihnachten werde!

2016

Christvesper im Jahres den Herrn 2016:

Lasst uns lieben,
denn er hat uns zuerst geliebt.

1. Johannes 4, 19

Ist Ihnen in all den Jahren jemals aufgefallen, was ganz oben auf Ihrem Liedblatt steht?
Christvesper im Jahre des Herrn.
Und in diesem Jahr hat das eine ganz besondere Aktualität gewonnen: dass das Jahr 2016 ein
Jahr des Herrn
ist. Alle Welt, alle Völker zählen ihre Jahre als
Jahre des Herrn,
sogar die, die nicht an ihn glauben, und sie haben recht damit: Denn der Herr, das Kind in der Krippe, ist auch ihr Heiland und der Ursprung allen Heils.

Daran möchte ich Sie heute erinnern, in diesem Jahr, das so voller verstörender Nachrichten war. Was müsste denn heute in meiner Predigt vorkommen, wer müsste vorkommen? ISIS etwa? Da sei Gott vor! Der Attentäter vom Breitscheidplatz? Da sei Gott vor! Trump könnte vorkommen – an dieser Stelle wird sonst immer gelacht! - Erdogan, Assad, Putin – ach, sie werden nicht mehr als Fußnoten der Geschichte sein! Denn wir leben nicht etwa im Jahre 1 vor Trump, sondern im Jahre d e s Herrn, der aller Welt Heiland ist. Und der macht nicht etwa Amerika *great again* oder die Türkei oder meinetwegen auch Großbritannien, sondern der macht das Hirtenvolk great und das junge Paar mit dem unehelichen Kind; der macht die Schwulen great und die Ausländer und die Kranken und die Flüchtlinge im Rathaus Friedenau und die Hilflosen und Sie natürlich; uns, die wir an seiner Krippe stehen, neben den Magiern aus dem Irak, unter dem Stern, der allen Völkern ein Zeichen ist: das Zeichen des Heils.

Da, beim Hirtenvolk, bei dem jungen Paar mit dem unehelichen Kind ist das zu finden, wonach Menschen sich sehnen; wonach vor allem die sich sehnen, die nicht groß sind und mächtig und einflussreich und reich.
Die ihr arm seid und elende,
singen wir an Weihnachten,
kommt herbei,
füllet frei
eures Glaubens Hände.
Ja, wir leben im Jahre des Herrn 2016, und dieses Jahr und das kommende Jahr, 2017 w e r d e n Jahre des Heils sein. Weil der

Heiland gekommen ist, der vielleicht nicht die ganze Welt verändert hat, aber immerhin Ihr Leben! Was wären wir ohne ihn? Warum sind Sie denn hier? Weil Sie Sehnsucht haben, Sehnsucht nach einem Leben, das allen in die Kindheit scheint und worin doch keiner von uns bleiben konnte. Ja, wir Erwachsenen sind erwachsen geworden und wir haben viel verloren dabei: Wünsche, Träume, Hoffnungen, vielleicht auch Ziele. Und machen uns gerade deswegen auf, mit den Kindern, um wie die Kinder das Glück zu finden, das Heil zu finden, die Seligkeit eines erfüllten Lebens. Und seht doch:

Da liegt es,
das Kindlein,
auf Heu und auf Stroh:

Da liegt das Glück; Ihr müsst es nur auspacken wie ein kostbares Geschenk.

Was war denn das schönste Geschenk?,
habe ich Max gefragt, abends, als ich ihn in's Bett gebracht habe,
und er hat etwas nachgedacht und dann geseufzt:
das Schwert!

Das Plastikschwert, das ich so nebenbei noch mitgenommen hatte, für fünf fünfundneunzig: Das war das schönste Geschenk. Dabei war alles andere viel teurer! Und sehen Sie: Das lernen die Hirten in dieser Nacht, das können wir lernen hier an der Krippe: dass wir keinen Lottogewinn brauchen, um glücklich zu sein, und auch keinen festen Arbeitsvertrag und kein SUV, um über die Weiden zu rasen, sondern nur ein Kind, mit dem die Liebe auf die Welt kommt. Wenn Sie nachher unterm Weihnachtsbaum einander ansehen und feststellen, dass Sie sich lieben – auch Tante Ruth, die leider auch da ist – wenn Sie einander ansehen und feststellen, trotz aller Macken, trotz allen Eigensinns, trotz allen Streits: Eigentlich lieben wir die anderen doch! - dann wird Gott da sein und mit ihm das Glück. Das Glück, dass wir einander haben.

Und darum ist dieses Jahr, sind all die Jahre seit der Geburt dieses einen Kindes Jahre des Heils gewesen: weil Gott uns einander geschenkt hat. Weil Gott diese Welt nicht Trump übereignet hat und nicht Augustus oder Karl V. oder den Horden der Konquistadoren und erst recht nicht den Schlächtern des ISIS, sondern denen, die ihn suchen und seine Liebe. Und die ist da zu finden, wo w i r einander lieben. Und daran kann niemand uns hindern, keine Macht, keine Gewalt, keine Not und keine Sorge. Den Liebenden hat Gott die Welt übereignet; die Sanftmütigen werden das Land besitzen; die nichts haben, werden alles haben – der Liebe wegen.

Darum lasst uns lieben! Lasst uns die Liebe wagen! Nicht nur am Fest der Liebe, sondern an allen Tagen: Dann wird auch dieses Jahr 2016 am Ende ein Jahr des Herrn gewesen sein und ein Jahr des Heils.

2016

Fürchtet euch nicht!

Fürchtet euch nicht!

Vielleicht ist das die wichtigste Botschaft heute Abend: Fürchtet euch nicht vor denen, die Furcht und Schrecken verbreiten wollen! Sie stehen auf verlorenem Posten.
Denn uns ist ein Kind gegeben,
ein Sohn ist uns geboren,
und die Herrschaft ruht auf seiner Schulter:
Das ist die klare Ansage Gottes, wie es enden wird mit ISIS, wie es enden wird mit Assad. Sie stehen auf verlorenem Posten, weil schon längst, schon lange der geboren ist, der ihrer Herrschaft ein Ende machen wird. Der aller Tyrannei ein Ende machen wird!
Denn jeder Stiefel, der im Marschtritt dahergeht,
und jeder Mantel, von Blut befleckt,
wird verbrannt und vom Feuer verzehrt:
Das ist die eigentliche Drohung, die ISIS und Assad zu fürchten haben; das ist Gottes Urteil über ihre Herrschaft; deswegen stehen sie auf verlorenem Posten; und deswegen fürchtet euch nicht!

Fürchtet euch nicht
auch wenn ihr Angst habt!
Natürlich kann es uns treffen, wie es die Menschen am Breitscheidplatz getroffen hat und die Menschen in Aleppo, wie es auch heute Menschen treffen wird irgendwo auf der Welt. Aber wenn diese Welt das Paradies wäre, brauchten wir diese Botschaft nicht:
Fürchtet euch nicht!
Nur ist die Welt leider nicht das Paradies, und darum brauchen wir diese Botschaft noch; diese Botschaft, die euch verkündet wird: Bleibt furchtlos trotz aller Angst! Bleibt furchtlos trotz allem Schrecken!

Denn euch ist heute der Heiland geboren -
es ist ein aussichtsloser Kampf, den die kämpfen; die gegen Menschen kämpfen. Denn das ist die Botschaft Gottes: Ich bin mit den Menschen! Ich bin da, mitten in dieser Welt, die kein Paradies ist; ich bin da, im Elend, in Armut, in Sorge, in Schmerz, in Ohnmacht, in Krankheit, im Tod bin ich da, bin ich bei euch! Ich bin auf eurer Seite, vorbehaltlos, unabänderlich; liege in einer Krippe; bin draußen zu finden, unter freiem Himmel; bin drinnen zu finden, in der Handjerystraße 73 oder der

Görresstraße 3 oder der Blanckenbergstraße 48; hier in der Kirche bin ich, bei den Kindern, bei den Erwachsenen, bei euch! Darum
fürchtet euch nicht!
Denn euch ist heute der Heiland geboren,
welcher ist Christus, der Herr,
ein Kind – und doch stärker als jeder Tyrann,
nur ein Kind – und doch der Heiland der Welt.

Fürchtet euch nicht!

Ja, es kommt Vieles in's Rutschen; die Welt ist voller Veränderungen, und worin wir uns sicher gefühlt haben, ist nicht mehr sicher – aber ist das ein Grund, sich zu fürchten? Denkt doch an euer Leben – und habt keine Angst vor Veränderungen!
Die Hirten erschrecken sich zu Tode, aber
fürchtet euch nicht!
sagt der Engel,
heute nacht ist die Nacht, in der alles sich ändern wird – zu eurem Heil!
Also kriegt den Hintern hoch, macht euch auf und sucht das Unerwartete, das für euch in die Welt gekommen ist! Der Engel ruft die Hirten aus ihrem Trott, aus ihrem Alltag, aus der Routine, ruft sie aus ihren Ängsten und ihrer Furcht - weil das Unerwartete geschehen ist; und das Unerwartete ist nichts, was man fürchten müsste; im Gegenteil: es wartet nur darauf, dass ihr es
eilends
sucht;
Gott bietet euch die Chance, dass euer Leben sich ändert –

denn euch ist heute der Heiland geboren,
welcher ist Christus, der Herr.

Fürchtet euch nicht in der Welt,
und fürchtet euch nicht in eurem Alltag!
Also fürchtet heute Abend nichts von dem, was ihr sonst fürchtet! Fürchtet euch nicht, nach Hause zu gehen oder nach Hause zu kommen; fürchtet euch nicht vor dem, was euch erwartet! Fürchtet euch nicht vor dem Kommenden! Fürchtet euch nicht vor dem Unerwarteten!

Was kann euch denn geschehen, wo das Heil doch in der Welt ist, der Heiland da ist - für euch!

Fürchtet euch nicht –
denn ihr habt keinen Grund, euch zu fürchten.
Weil er bei uns ist, unverbrüchlich, unser Gott, mit all seiner Kraft, mit all seiner Ohnmacht, mit all seiner Liebe. Es ist die Liebe Gottes, die euch das Unerwartete schenkt, die euch Zukunft schenkt und Heil. Darum aber stehen alle Tyrannen auf verlorenem Posten! Weil sie Gottes Liebe nichts entgegenzusetzen haben! Und darum müsst ihr euch nicht fürchten! Weil ihr diejenigen seid, die Gott liebt.

Ihr seid diejenigen, die Gott liebt! Und wenn Sie nachher unterm Weihnachtsbaum einander ansehen und feststellen, dass S i e sich lieben - trotz Tante Veronika, die leider auch da ist; trotz aller Macken; trotz allen Eigensinns; trotz allen Streits – dann wird Gott da sein und mit ihm das Glück. Das Glück, dass wir einander haben.

Darum fürchtet euch nicht!

2016

Und du, Bethlehem Efrata,
die du klein bist unter den Städten in Juda,
aus dir soll mir der kommen, der in Israel Herr sei,
dessen Ursprung im Anfang liegt,
von den Tagen der Ewigkeit her.
Indes gibt der Herr sein Volk den Feinden preis
bis die, welche gebären soll, geboren hat.
Da werden dann die Überlebenden
zurückkommen zu den Israeliten.
Er aber wird auftreten
und sie weiden in der Kraft des HERRN
und in der Hoheit des Namens des HERRN, seines Gottes.
Und sie werden sicher wohnen;
denn er wird zur selben Zeit herrlich werden
bis an die Enden der Erde.
Und er wird der Friede sein.

Micha 5, 1-4a

Alles Große beginnt klein. Die Umgestaltung der Welt zum Beispiel beginnt in Ephrata. Denn aus Ephrata wird der kommen, der
der Friede ist,
der den Frieden bringt,
aller Welt,
allen Völkern.
Dann werden die Völker
Schwerter zu Pflugscharen
um schmieden:
wahrlich eine unglaubliche Umgestaltung der Welt zu einem ewigen Friedensreich.
Und wo beginnt die?
Nicht in der *Goldenen Stadt*, in Jerusalem; nicht in der Ewigen Stadt, in Rom; sondern in Ephrata, einem Kaff, von dem wir heute nicht einmal mehr wissen, wo es damals gelegen hat.

Alles Große beginnt klein.
Damit der weltumspannende Frieden beginnen kann, muss erst ein Baby zur Welt kommen. Erst wenn
die, welche gebären soll, geboren hat,
wird der auftreten, der den Frieden bringt. Vorher passiert gar nichts. Alles hängt daran, dass ein Baby zur Welt kommt.

Eigentlich nichts Besonderes, oder? Dass ein Baby zur Welt kommt. Das passiert doch jeden Tag hunderttausendfach. Ist ganz normal, ganz alltäglich. Ein ganz und gar unspektakuläres, unscheinbares Ereignis. Aber nur so kommt das Große: unspektakulär und unscheinbar. Alles Große beginnt klein.

Also warum so skeptisch? Warum blicken Sie so skeptisch in die Welt? Ja, wir vollbringen normalerweise keine Heldentaten. Mein Job – auch mein Job! – besteht zum größten Teil aus Routine. Und wenn es mal ein Highlight gibt – einen richtig tollen, spannenden, ergreifenden, fröhlichen, hinreißenden Gottesdienst – dann kriegen das auch nur die 40 Leute mit, die in der Kirche sitzen. Na ja: besser als gar kein Highlight. Aber weltbewegend ist das nicht, was ich tue. Oder?

Alles Große beginnt klein -

schätzen Sie die Routine Ihres Jobs nicht gering! Schätzen Sie das, was Sie alltäglich tun, nicht gering! Ein Kind zur Welt zu bringen, ist keine Heldentat – und verändert doch alles! Verändert das Leben der Mutter, des Vaters, der Geschwister, der Nachbarn. Ohne Kinder keine Schule, keine Lehrer, keine Kinderärzte, keine Bündische Jugend, keine Zukunft. Ohne Kinder keine Zukunft! Also wird mit jedem Kind ein Stück Zukunft geboren! Darüber macht sich die Mutter im Kindbett keine Gedanken; und wer nicht gerade völlig losgelöst ist von aller Realität, erwartet auch nicht, dass ausgerechnet das eigene Kind mal den Nobelpreis gewinnen wird, für eine Entdeckung, die die Welt verändert. Ja, auch in Berlin werden jeden Tag zig Kinder geboren. In den Krankenhäusern ist das Routine. Und doch bedeutet jedes Kind, dass sich die Zukunft verändert. Wie: Das weiß keiner. Und doch ist es so.

Genau so steht es um alles, was Sie tun. Ihr Alltag: Sie mögen ihn als klein und unscheinbar empfinden, als völlig unspektakulär – und wissen doch nie, was daraus wächst. Ein freundlicher Gruß morgens im Treppenhaus – und Ihr Nachbar geht auf einmal viel wacher zur Arbeit, tut das Seine fröhlich, steckt andere damit an, die deswegen gelassener nach Hause fahren, mit dem Auto, und deswegen noch rechtzeitig bremsen können, als das Kind auf die Straße läuft – und so hat am Ende Ihr freundlicher Guten-Morgen-Gruß ein Menschenleben gerettet. Und Sie werden's nie erfahren! Und haben doch die Welt verändert! Denn wer ein Menschenleben rettet, rettet die ganze Welt.

Ephrata: ein Kaff. Friedenau: ganz gewiss nicht der Nabel der Welt. Und doch kann hier seinen Anfang nehmen, was unglaubliche Kreise ziehen wird. Jeder Tag, jedes Tun kann dazu führen, dass unsere Welt – die einzige, die wir haben – sich verändert. Und nichts wäre schlimmer, als wenn wir den Glauben daran verlören! Dass die Welt sich verändern kann. Und dass der Anfang aller Veränderung im Unscheinbaren liegt.

Das ist doch die frohe Botschaft: dass alles Große klein beginnt. Das ist die Botschaft für alle, die sich klein fühlen, bedeutungslos; für alle, die von ihrem Alltag nichts mehr erwarten außer der Routine; für alle, die sich damit abgefunden haben, dass ihr Leben so ist, wie es ist.
So, wie es ist, ist es gut,
ruft ihnen der Prophet zu,

denn manchmal ist es genau das Kleine, Unscheinbare, Bedeutungslose, das Gewicht bekommt in den großen Plänen Gottes. Wo beginnt das Heil? In Ephrata, diesem Kaff. Und zu wem kommen die Engel? Zu den Hirten, diesen gescheiterten Existenzen. Wo überstrahlt die Herrlichkeit Gottes alle Armut? An einer Futterkrippe! Mit wem kommt Heil und Segen in die Welt? Mit einem neu geborenen Kind! Das ist doch gerade die Weihnachtsbotschaft: Dass die Herrlichkeit Gottes sich da offenbart, wo niemand sie vermutet. Und das Heil da zu finden ist, wo es niemand sucht. In unserem Alltag. In Ihrem Wohnzimmer vielleicht. In Ihrem Leben! Ganz unerwartet kommt das Heil. Zu denen, die es überall vermutet hätten, nur nicht bei sich selbst.

Ja, so ist das mit Ephrata.
Das Heil ist dort zu finden, wo es niemand vermutet hätte.
Mitten unter uns.

Unverzichtbar

Und dann frage ich meine Konfis: Wer von euch will denn nun die Hauptrolle spielen? Und sie fragen zurück: Wessen Rolle ist denn die Hauptrolle? Dann zucke ich die Achseln. Und sie überlegen:

Zweifelsohne Maria. Wenn sie das Kind nicht geboren hätte, wäre es nicht zur Welt gekommen.

Aber kein Kind ohne Vater! Ohne seinen Vater Joseph wäre Jesus kein Abkömmling des Königs Davids gewesen, folglich auch kein Heiland. Denn dass der Heiland aus dem Hause Davids stammen muss, hatte Gott selbst so bestimmt.

Spielt dann nicht aber das Kind selbst die Hauptrolle? Wäre dieses Kind nicht der Messias gewesen, wäre seine Geburt schon längst in Vergessenheit geraten.

Aber wer hätte diese Geburt überhaupt wahrgenommen, wäre da nicht der Engel gewesen. Wenn der Engel des Herrn die Hirten nicht zur Krippe geschickt hätte, hätte außer Maria keiner zur Kenntnis genommen, was da geschehen ist.

Nur: Hätten die Hirten danach nicht weitererzählt, was sie gehört und gesehen hatten, hätte die Botschaft davon sich auch nicht ausgebreitet.

Zu den Hirten gehören aber die Schafe. Ohne Schafe keine Hirten. Also gehören auch die Schafe unabdingbar dazu.

Und Sie und ich natürlich. Würden Sie und ich nicht an die Botschaft der Engel und die Berichte der Hirten glauben, gäbe es keine erwartungsvollen, erlösten, fröhlichen Christenmenschen. Weihnachten ohne uns würde einfach verpuffen.

Darum aber zucke ich die Achseln, wenn meine Konfis mich nach der Hauptrolle fragen. Weil jeder wichtig ist. Weil keiner fehlen darf. Weil jeder unverzichtbar ist, wenn es darum geht, dass das Heil in die Welt kommt.

Auch Sie.

Anmerkung zum Copyright:

Der Textabschnitt über *Maria Carolina de Jesus* in der Predigt von 2009 ist einem Weihnachtsgottesdienst aus der katholischen Kirche St. Bonifatius in Hofheim am Taunus im Jahr 1970 entnommen. Dort ohne Angabe einer Autor*in als Lesung verwendet.

Printed by Books on Demand GmbH, Norderstedt / Germany